새의 눈물을 보았다

권태주

시인의 말

　시는 왜 쓰는가? "시는 감상의 발로이다.", "시는 상상의 건축물이다." 가스통 바슐라르는 그의 저서 『공간의 시학』에서 시를 하나의 집으로 보고 있다. '더할 수 없이 깊은 몽상 속에서 우리들이 태어난 집을 꿈꿀 때, 우리들은 물질적 낙원의 그 원초적인 따뜻함, 그 잘 중화된 물질에 참여하게' 되기에 본인의 추억이 깃든 집을 그리워하며 몽상 속에서 되돌아가고자 한다는 것이다. 시인들은 끊임없는 상상 속에서 알맞은 표현을 찾아 집을 짓고 허물곤 한다. 그러한 무수한 과정을 통해서 하나의 건축물인 한 편의 시가 완성되는 것이다. 이 얼마나 위대한 작업인가?

　인간의 삶과 현실에 대한 서정, 자연의 아름다운 풍경에 대한 서경, 사람들은 타원형의 지구 위에 지금도 무수한 건축물을 짓고 있듯이 시인들도 시라는 상상의 건축물을 만들어 갈 것이다. 감정의 유희가 아닌 인류 보편적이며 항구적인 정서를 담아내는 시를 쓰는 시인이 되고자 앞으로도 나는 고뇌하며 내면의 세계를 다듬고 새로운 세계를 찾아갈 것이다.

　　　　　　　　　　　　　2025년 가을 반석서재에서
　　　　　　　　　　　　　권태주

새의 눈물을 보았다

차례

2부 다산 초당을 오르며

해설

—김종회(문학평론가, 전 경희대 교수)

1부
내 인생에게 묻는다

내 인생에게 묻는다

장마가 오기 전
농장의 식물들은
햇살을 껴안고 조용히
그러나 힘차게 자라고 있습니다

문득, 내 인생은
지금쯤 어디쯤 와 있는지
스스로에게 묻습니다

가을이 오기 전에
풀잎들은 부지런히
광합성을 하고
속 깊은 열매를 키웁니다

나도 그러하겠습니다
내 인생의 가을이 오기 전에
부지런히 살아 내며
아름다운 삶의 열매를
차곡차곡 가꾸어 가겠습니다

장생포엔 고래가 없다

고래들이 바다를 헤엄친다
돌고래 밍크고래 혹등고래
동해는 고래들의 여행지
새우와 전갱이 오징어 멸치 떼를 따라
무리 지어 오른다

울산 장생포에는 고래가 없다
다만 그 옛날 포경선만 녹슬어 가고
사람들의 기억 속에 조형물로 남아 있다
항구 근처 고래 고깃집은
여전히 손님을 기다리며 세월을 낚는다

그 옛날 두 팔뚝에 힘줄 솟던
건장한 청년들은 사라지고 없지만
오늘도 장생포에는
먼바다로 떠나는 어선들과
외국인 노동자들의 피곤한 표정들

그래도 장생포는 기다린다
긴 숨을 물보라로 뿜으며 돌아올
고래들의 귀환을

접시꽃

누가 사랑의 흔적들을 남겨 놓았나
붉디붉은 꽃잎 속에 숨겨 둔 사랑

사랑 이후 아픈 기억만 남아
외롭게 흔들리는 꽃

가끔 꽃가루 찾아 날아온 꿀벌
온몸을 적시다 가고 나면

저 혼자 그리움에 가슴 타는
슬픈 사랑이여

나는 자연인이다

세상 속에서 오십 육십 년을 살다가
병에 걸리거나 심신이 쇠약해져
찾아온 깊은 산속
혼자 집을 짓고
산속을 헤매며 산나물 버섯을 먹으며
살아가는 사람
오죽하면 그 삶이 행복하다고 할까
많은 남자들의 로망
나는 자연인으로 사는 것
각자의 생존 방식으로 외롭지 않게
꽃을 심거나 동물을 키우면서
자신의 삶을 단단하게 만든다
도시 속 수많은 군중의 일원이었다가
이제는 숲속의 1인으로 누리는 삶
살아 볼 만할 일이다
새로운 맛이 있을 것이다

흔들린다는 것

바람에 큰 나무가 흔들리고
나뭇잎도 같이 흔들린다
흔들린다는 것은
누군가 힘을 주었기 때문
바람이 힘을 주고
사랑이 끌림을 주고
화사한 꽃이 미소를 주었기 때문

갈대는 바람에 흔들리며 자라고
꽃들은 흔들리며 피어나고
나무는 흔들리며 뿌리를 깊이 내린다

오늘도 나는 너를 향한 마음이 흔들린다
바람이 아니더라도
너의 미소 하나만으로
흔들리는 마음
너를 생각하는 것만으로도 행복한 흔들림이다

판단

우리 삶의 시계는 똑같지 않겠지
각자의 삶이 있고 살아가는 방식이 다르기 때문

내가 남의 삶을 평가하는 것이
내 기준에 의해 판단한 것이 아니었나

꽃이 피는 것이 계절에 맞게 피는 것이지
내가 바꾼다고 바뀌는 것이 아니리

그 사람의 삶의 방식과 환경에서
과거와 미래가 보이는 것

오늘도 나는 상대를 판단하고 평가하는 것보다
내 삶을 가꾸며 살리라

목적대로 살아가는 삶이다 보면
행복은 그때 찾아오리

문득

파란 하늘에 흰 구름 떠가고
노랗게 물든 은행나무 줄지어 선 가로수 길에 서면
갑자기 어디론가 떠나고 싶은 마음

어디로 갈까
하얗게 포말 남기며 달려드는 바다로 갈까

저 스스로 툭툭 단풍 지다
겨울로 가는 깊은 산속으로 들어갈까

내 이런 마음을 그대도 알고 있을까
눈부신 가을 아침

은하수

밤하늘에 빛나는 별들
그 별들이 모여 은하수를 만든다
지구에서 바라보는 은하수는
현실 속의 비현실
먼저 간 영혼들의 안식처인가
깊은 밤 모두 잠든 시간에
밤하늘에 떠서
자신의 존재를 드러내는
꿈속의 내 애인 같은 존재

내 고향 안면도

나 태어나 자란 곳
봄이면 온 산에 진달래 피고
할아버지가 심어 놓은 복숭아꽃 살구꽃 활짝 피어
아름답던 집
세월은 하염없이 흘러
옛사람들 떠나가 무덤만이 늘었네

연륙교 다리 건너 백사장
꽃게와 새우 배들 가득하고
해송 숲 지나 늘어선 해수욕장들
꽃지 할미 할아비 바위
자연 휴양림 솔숲 피톤치드 향기
샛별 해수욕장의 낙조

영목 연륙교 건너 원산도 해저 터널
대천에서 오는 관광객들 맞이하고
안면도 태양초 고추 황토 고구마 굽는 냄새
발길 머물게 하는
내 고향 안면도

유년의 고향

봄이 오면 산들바람에 실려
초가지붕 아래 벚꽃이 춤춘다
따스한 햇살 품은 들판 길 따라
어린 시절 웃음소리 넘치던 곳

여름이면 소낙비 내리는 논밭
맑은 개울에 발 담근 한가로운 오후
잠자리 날개 빛나는 하늘 아래
땀방울 속에 익어 가는 여름 열매들

가을 들녘엔 황금빛 곡식 물결 출렁이고
밤알이 떨어지는 밤나무 그늘에서 뛰놀고
어머니의 손길이 닿은 아궁이 속 고구마구이
훈훈한 정 담긴 저녁 풍경

겨울이면 흰 눈 덮인 초가지붕
장작불에 따뜻한 동치미 국물
별빛 속에 담긴 어린 날의 추억들
그곳이 내 유년의 고향이라네

서귀포 올레길을 걸으며

한라산 자락 아래 올레길 걷노라면
정방 폭포 물줄기 연무되어 하늘로 솟는다
에메랄드 물빛 바다 곁에 서서
서귀포의 숨결을 마음에 담는다

천지연의 맑은 물길 따라가면
깊고 고요한 연못 속에 비친 달빛
감귤 향기 흩어지는 올레길 위
낯선 이국의 정취 손끝에 닿는다

외돌개 앞 바위에 부딪히는 파도
수평선 너머로 석양은 붉게 번지고
서귀포 앞바다에 꿈을 띄우는 고요한 밤
여행자에게 말을 걸어오는 별들 외롭지 않네

쇠소깍 그 맑은 물길 따라가면
손에 닿는 작은 돌, 바람에 실리는 노래
서귀포가 품은 그리운 사랑 이야기
나를 부르며 다시 돌아오라 하네

코스모스꽃

대부도 들판에 코스모스꽃 피어 흔들리네
가을바람에 살며시 내 꿈을 실어 보내네

분홍빛 물결 속 시인 농부의 손
노을빛에 젖어 시를 써 내려가네

땅의 숨결을 느끼며 한 자 한 자
삶의 소리와 자연의 향기를 담네

이곳에서 피어난 작은 코스모스 꽃잎 하나
들꽃 시인에게는 영원의 언어가 되네

가을

가을이 아프게 깊어 가고 있습니다

우리의 젊은 날이 신록으로 푸르렀다가

어느 날 문득 단풍으로 물들어 가고 있는 것을 봅니다

가로수 길을 걷거나

먼 산 숲 그늘에 떨어지는 낙엽들의 슬픔이

아파 오는 오늘

삶이 참 아름다운 가을입니다

영랑 생가

전남 강진읍 영랑 생가 길
대밭을 등지고 자리한 영랑 생가
노란 은행나무 한 그루 서서
시인을 맞이한다

오~메 단풍 들겠네
외치던 누이의 목소리
생생하게 들릴 듯한데
늦가을 감알 몇 개 달려
잊힌 추억을 매달아 놓았다

어디로 갔을까
함께 문학을 논하던 시 문학의 동지들
이제는 세월 속으로 모두 떠나고
기념관 서가 속에 작품으로만 남아
방문객들을 맞이하고 있다

남도의 땅끝에 봄이 오면

모란은 또 피었다 질 테고
영랑이 초가집 사립문을 열고 나와
바다로 가는 꿈을 꾸는
그리움의 날들은 계속되리

다산 정약용의 길

휘몰아치는 눈보라 속 유배의 길
강진 땅에 닿아 홀로 서니
꿈꾸던 세상은 저 멀리 흐릿하고
눈물 속 회한만 밤하늘을 적신다

작은 방에 책상 놓고 글을 짓고
사의재四宜齋에 머물며 후학과 뜻을 나누네
맑은 의리로 깨달음의 씨를 심어
정의의 빛이 어둠을 걷게 하리라

푸른 대숲 속 녹차 향기 그윽한
다산 초당에 앉아
고요한 학문의 바다를 헤엄치네
산속에서 울려 퍼지는 제자들의 글 읽는 소리
500권 글 속 지혜를 새기며
인류의 길잡이로 빛나는 등대 되리
백성을 사랑한 목민심서의 뜻
청렴과 봉사가 너른 길을 밝히리

다산의 정신은 강진만을 따라 마량馬良을 지나
더 넓은 남해로 흘러 가득하네
오늘도 남도의 땅끝 강진 땅에
다산이 남긴 삶의 흔적들
오래오래 기억되리

들꽃

그대 떠난 자리엔
작은 들꽃이 피어났네
텅 빈 마음의 틈새마다
햇살 대신 슬픔이 스며들었지

들녘 끝 바람이 불 때면
그대 목소리가 들릴까
가냘픈 꽃잎에 손을 대 보지만
찬 이슬만 나를 적시네

한낮의 열정이 지나고
노을처럼 붉게 타오르던 사랑도
이제는 바람에 흩날려
아득한 추억 속에 스러지네

그대여, 들꽃이 핀 이곳에서
나는 여전히 그대를 기다리네
비록 꽃잎이 시들어도

그 향기만은 내게 남아
그리움으로 날 채우기에

황포 포구*

갯벌 포구에 기대어 있는 배와
쉬어 가는 여행자의 발자국은
바람 속으로 스며드네
고단한 어부의 손길 따라
바다는 언제나 무언의 응답을 보낸다

썰물에 드러난 땅은
시간의 얼굴을 드러내고
모래 위를 스친 물결은
이름 모를 이야기를 담아 가네

어선의 붉은 깃발 하나
만선의 꿈을 알려 주듯 흔들리고
녹슨 배는 오늘도 말이 없지만
그 속엔 지난날의 항해가 잠들어 있다

황포 포구
이곳은 떠나는 이와 돌아오는 이를 품고
바다와 땅의 경계에서

하루를 지우고 다시 쓰는 곳

*충남 태안군 신야리에 있는 작은 포구.

봄은 다시 온다

어둠이 짙을수록
새벽은 가까이 오고
거짓이 높이 설수록
진실은 더 깊이 뿌리내린다

민주의 이름으로
짓밟힌 날들을 지나 한 줌의 권력이
백성의 숨결을 삼켜도

우리는 기억한다
촛불의 뜨거움을 광장의 떨림을
헌법 위에 새겨진 사람의 존엄을

무너진 정의 위에 다시 심는다
희망이라는 씨앗
자유라는 꽃잎을

탄핵은 끝이 아니다

깨어 있는 시민이 세상을 바꾼다는
그 오래된 약속의 시작이다

이제는 말하자
대한민국은 누구의 것도 아닌
우리 모두의 것이라고

누가 하늘을 보았다 하는가*

2024년 12월 3일, 휴일 저녁 국회 앞에 서서
우리는 마침내 하나가 되었다
거리를 채운 목소리, 손끝을 스친 응원 촛불
모두가 비상계엄 해제를 외쳤다
그 빛의 행렬이 어둠을 찢고
정의를 노래하는 함성이 되었다

2025년 4월 4일, 불의는 끝내 무너졌다
우리가 들었던 진실의 무게
서로의 눈빛에서 읽은 믿음의 깊이
그 모든 것이 오늘을 만들었다
우리가 쥔 것은 단지 촛불이 아니었다
그것은 희망, 자유, 그리고 영원히 빛날 민주주의

우리는 기억할 것이다
무너지지 않는 꿈을 꾼 날들을
폭풍 같은 절망 속에서도 피어난 용기를
다시 일어선 우리의 모습을

승리의 이 순간은 기쁨만이 아닌
앞으로 걸어가야 할 길을 가리킨다

찬란한 태양이 또 뜬다
누구도 혼자가 아닌 우리
우리의 목소리, 우리의 권리
그것이 대한민국의 심장이었다
기억하라, 이 떨리는 기쁨을
그리고 지켜라, 우리가 쌓아 올린 이 희망을
끝까지 승리하는 그날까지
푸른 하늘을 볼 때까지

* 신동엽 시인의 시.

고향에 와서

10대 때 떠난 고향
무지개를 찾아 소년은 청운의 꿈을 품고
당당히 세상을 향해 나섰다

태양은 매일 고향 하늘과
소년이 꿈을 키우던 세상에 떠올랐지만
다시 고향으로 돌아갈 수 없었다

고향에는 어머니가 소년을 기다렸지만
소년은 어느새 청년이 되어
꿈을 펼치고자 세상에서 경쟁하고 있었다

소년을 기다리던 어머니도 저세상으로 가시고
소년에겐 아내와 자식들이 자라나
그들의 뒷바라지로 세월을 보냈다

세상에서의 삶도 이젠 의미 없어질 때
노년이 된 모습으로 고향에 돌아와

과거를 회상해 보니 일장춘몽이었다

다시 고향 집을 허물고
새로운 미래의 삶을 꿈꾸어 보는 지금
해와 달은 변함없이 고향 하늘에 떠올라
그래도 괜찮은 삶이었다고 미소 지으며
소년에게 격려를 보내고 있다

2부

다산 초당을 오르며

고향의 봄

튤립 물결 피어난 그 자리
내 고향 안면도의 따스한 품
분홍과 노랑 사이로 웃음이 흐르고
고운 기억들이 바람 따라 춤춘다

소나무 숲을 지나 바다가 보이고
꽃지 해변 그 모래 위에
어릴 적 발자국, 지금은 추억이 되어
할미 할아비 바위가 지켜보고 있다

"고향의 봄"이라 적힌 튤립 언덕 아래
사람들은 꽃보다 밝은 얼굴
그 이름만 불러도 눈시울 젖는 곳
내 마음의 뿌리는 늘 이 땅에 있다

사랑을 맺는 꽃길 끝
하트 모양 꽃 터널 너머로
다시 돌아온 고향의 봄날
튤립보다 선명한 그리움이 핀다

거문오름을 오르며

누구였을까?
억새 우거진 숲길을 묵묵히 걸어가던 사내
산속으로 더 깊이 사라지던 뒷모습
쓸쓸함이 바람을 타고 흐른다
제주의 바람, 검은 흙의 향기를 품고
그리움의 속삭임처럼 퍼진다

검은 것들이 모여 있는 곶자왈
물 한 방울 없는 메마른 땅에 돌을 쌓고
거친 손길로 씨를 뿌리던 사람들
43의 총칼 아래 무너진 삶
거문오름에 올라 목 터져라 울부짖던 그들
누가 그 눈물을 기억할까
그들이 잃어버린 것은
가족의 웃음이었고 따스한 집의 불빛이었다

아프게 검은 땅을 뚫고 솟아난
붉은 독초 천남성, 그 울음마저도 껴안으며

땅속을 적시는 용암의 흔적들
깊고도 뜨거운 상처가 굳어 버린 땅
그 위로 아픈 시간은 덮어 버렸다

삼나무 가득한 거문오름 숲길을 걸으며
그때의 사내를 생각한다
쓸쓸히 발걸음을 옮기며
사랑하는 이들의 이름을 되뇌었을 그 사내
그의 슬픔이 아직도 이 땅에 맴도는 것을

소년이 온다*

1.

붉게 물든 오월 광주의 하늘 아래
소년은 꿈을 꾸었다
휘청이는 길 위에서 울부짖던 소리들
그 속에서 그리운 얼굴들이 사라져 간다

동호의 눈빛엔 깊은 상처가 남고,
정대의 주먹엔 붉은 피가 배어 있다
서로에게 힘이 된 두 어깨
그 어둠 속에서도 희망을 찾으려 했다

피어날 수 없었던 젊음의 꽃봉오리들
길바닥에 남겨진 젖은 핏자국
그들은 우리의 밤하늘 별이 되어
소리 없이 빛나며 그날을 이야기한다

광주의 봄은 그대들의 이름을 부르고
오월의 바람은 다시 찾아오네

잊지 않으리, 뜨거운 그날을
소년들이 그린 꿈, 우리가 지켜 내리

2.
새벽의 어둠 속에서 조용히 일어선 이들
자유를 향한 꿈을 가슴에 담고
보이지 않는 폭풍을 뚫고 나아갔다
오월의 그 길, 그들은 멈추지 않았다

작은 손을 맞잡은 청춘의 무리
거리마다 번진 외침의 메아리
피와 눈물의 대가로 새겨진 자리
민주라는 불씨가 그 속에 살아 있네

그날의 하늘은 눈물로 적셨고
부서진 몸은 강물처럼 흘렀다
그러나 그들은 지지 않았으니
그들의 이름은 오늘도 우리 안에 남아 있다

우리는 그들이 남긴 길을 걷는다
빛이 되어 돌아온 영혼들의 울림
그 헌신을 잊지 않으리라 다짐하며
민주와 평화의 노래를 이어 부르리

* 한강 작가의 소설.

들꽃 예찬

혼자서 외로이 피어 있는 풀꽃보다
무더기로 여럿이 꽃을 피운 들꽃들이
다정하고 포근하다

꽃밭의 꽃들은 누군가의 손길에 의해 피었지만
숲이나 들길에 핀 풀꽃, 들꽃들은
저 혼자 싹을 틔우고 봄을 맞이했다

척박한 땅이든
풀들 우거진 곳이든 가리지 않고
씨앗 떨어진 자리에서
계절에 따라 솟아나 꽃을 피운 것이다

외로이 홀로 핀 풀꽃이나
무더기로 꽃을 피운 들꽃들 모두
존재로서 아름답다
아름다운 것이다
멀리 있는 너처럼

벌레의 잠

봄꽃 피는 화사한 봄날
여기저기 날아다니던 나방
세상에 나와서 나방의 삶을 사는 것이
뭔 대수던가
복숭아꽃 사과꽃 배꽃에 앉아
꽃가루를 묻히며 삶을 즐기다가
떠날 때가 되어서 나무 몰래 알을 깠다네

벌레는 잠을 자네
고요한 어둠의 씨방 속에서
알에서 깨어나 성장하며 잠을 자네
점점 커 가는 과육 속에서 집을 짓고
달콤한 즙을 먹으며 자란다네

벌레는 또 잠을 자네
가을이 와서 때가 되면 떠나갈
씨방 속과 세상을 소통하며
때를 기다린다네

좁고 답답한 이 공간에서 벗어나
언젠가 날개 펴고 날아다닐 때를 기다리며
긴 잠을 자고 있다네

하루하루가 소중하다

한여름을 뜨겁게 달구었던 무더위도
한순간에 시베리아 저기압에 물러났다
남쪽 나라에서는 물난리에
언론은 뒤숭숭하지만
파란 가을 하늘
천고마비의 계절

하루하루가 소중하다

들판의 곡식들은 누렇게 여물어
농부들의 주름진 미소가 펴져
지방마다 열리는 축제 문학제
살갗에 스치는 가을바람이 더욱 선선하다

하루하루가 소중하다

달력은 벌써 10월의 숫자들
연휴 행사에 기대감이 넘쳐

혼사를 앞둔 신랑 신부의 표정 환하다
이렇게 좋은 계절에
누구를 원망하고 헐뜯지 말아야지
걸음걸이도 조심조심
마음 씀씀이도 켜켜이 아름다움으로 쌓아
다시 오지 않을 날들이기에
하루하루를
보람으로 채워 보자

오월이 오면

오월이 오면
앞산 아카시아 꽃향기 숲속을 가득 채워
종달새 노랫소리 신난다

오월이 오면
먼 산 송홧가루 날려
노란 그리움을 실어 온다

오월이 오면
바쁜 농부들의 모내기 풍경 흥겹다

새들은 노래하고 맑은 공기 가득하니
세상은 평화로워 살아가는 기쁨 있으니
오늘이 행복이어라

찾아온 고향

내가 온다는 것을 안 모양이다
마당가 은행나무 유난히 초록빛을 띠며
반가움을 표시한다
봄부터 솟아난 풀들은 무리 지어
부서진 옛집 터 가득 메우며 주인 행세 중이다
허리밖에 오지 않았던 측백나무는
온 집이 보이지 않게 둘러싸 버렸고
키위나무 꽃 활짝 피어 울타리를 감싸안았다

그리운 이여
이 들판 언덕에 남겨 둔 발자국들은
지금 어디에 있는가
뒷산 언덕에 누워
도란도란 세월을 보내시는가
다만 나 혼자 쓸쓸히
지나간 추억을 되짚으며
그리운 얼굴들 찾아 헤매는구나

능소화

질기게도 담장을 타고 올라
초록의 줄기에서 꽃을 피운
능소화

먼 옛날 구중궁궐
임의 얼굴 보지 못해 죽은
소화의 분신인가

연하디연한 줄기에 가냘프게 피어
바람에 흔들리는 너의 모습

행인들 눈길 한번 주지만
그것도 잠시
종일토록 외롭게 하늘만 바라보는 꽃

매미

땅속에서 수액을 빨아먹고 살다가
3년 이상의 세월이 지나면
나무 위로 올라오는 매미

몸은 땅속에 있으나
가야 할 곳을 알기에 참으며
성충이 되기만을 기다렸다

탈피 후 짝을 찾아 나서는 수컷
나무에 매달려 구애의 울림 멈추지 않는다
매미의 삶은 한여름이지만
짝을 만나 후손을 만들고 죽어도
후회는 없으리

그게 삶인 것을
고난도 겪으며 살아가는 인생
오늘 벚나무 그늘에 앉아 매미 소리 들으며
매미에게 배운다

무궁화

샤론의 꽃 무궁화
단군과 그 일행이 시리아의 에덴동산을 떠나
알타이산맥을 넘어
중앙아시아의 초원을 지나올 때도
함께했던 꽃

고향에 대한 그리움이 솟구칠 때면
곁에 두고 바라보았던 꽃
마침내 아사달에 도읍을 정하고
가장 먼저 심었던 한민족의 꽃이기에
나라의 국화가 되었네

무궁화 삼천리 화려 강산
파리 올림픽 금메달 시상대에서 울려 퍼지는
애국가에 묻어 있는 겨레의 얼
매미 소리 요란한 여름날
무궁화는 피고 또 지고 있다

오사카 성에서

오사카 성 앞에 서니
붉게 스며드는 저녁노을
피로 물든 역사의 바람이
성벽을 타고 흐른다

풍전등화 같던 시절
원숭이 얼굴의 사내가 전국을 통일하더니
조총과 칼을 들고 바다를 건넜다
불타는 야욕의 깃발 아래
조선의 강산이 신음하였고
강물은 핏빛으로 물들었다

세월은 흘러가고 거센 파도는
그 이름을 씻어 내니
도요토미 히데요시의 꿈은 바람에 흩어지고
그의 오사카 성도 덧없이 서 있구나

황천길 끝에서 그는 보았으리

믿었던 신하의 손에 쓰러지는 자식
무너지는 명성, 사라지는 나라
칼날 같은 욕망이 부른 죄의 종말을

오늘 나는 다시 선다
저 성벽과 천수각을 바라보며
천년을 두고도 잊지 않을
그날의 상처를 가슴에 품는다

김포 가는 길

동탄에서 김포까지 한 시간이 넘게 걸리는 길
고속 도로도 세 개씩이나 내비게이션 따라 타고 간다

김포에 가면 무엇이 있나
그리운 고향의 정이 있지
형수님이 만들어 주는
고향 안면도의 맛이 있지
20년 넘게 이어 온 장어 맛집
천둥산민물장어

고소하게 구워진 장어에
짭짤하게 담긴 꽃게장
봉성리 들판에서 키운 반찬들
모두 형수의 손맛이다
안면도 손맛이다
암조차도 이겨 내고
만드는 형수의 반찬 토종의 집 반찬 일품이다

맛집이라고 방송하자고 나오지만
모두 거절
음식은 팔 만큼만 팔고
소문내지 않아도 찾아오는 단골들 있기에
편안하다는 형님

오늘도 고향의 정이 살아 있는
김포로 간다
구수한 충청도 사투리가 묻어나는
김포로 간다
천둥산민물장어 집으로 간다

꽃지 바다의 노래

노을에 물든 꽃지 바다
사랑하는 그대와 걷네
파도는 속삭이네
사랑의 포말 속으로
아~ 아~ 백 년이 지나도 남아
우리 사랑 꽃지 바다에

백사장에 남긴 그 사랑
언제나 빛나리라
바람 불어와도 변치 않아
너와 나의 이야기
아~ 아~ 백년이 지나도 남아
우리 사랑 꽃지 바다에

솔향기 바람에 날려
그대 볼을 스치네
승언 장군* 기다리던 여인
바위가 된 사연

아~ 아~ 천년이 지나도 남아
우리 사랑 꽃지 바다에

* 할미 할아비 바위의 전설 속 장군.

저 바다에 누워

바닷물이 춤을 춘다
파도가 노래한다
뜨거운 여름 한낮
바다는 손님을 맞이할 준비가 되었다

해안가에 가득한 파라솔
사람들을 기다린다
갈매기는 모처럼 찾아온 손님을 맞이하러
분주히 백사장을 노닌다

저 바다에 누우면
출렁이는 물결 소리
세상사 모두 잊고
튜브 위에 몸을 얹어 본다

강아지 초코

우리 집 강아지 초코
털 색깔이 갈색이라 초코라고 했는데
초코라고 부르면 달려온다

우리 집 강아지 초코
엄마에겐 안아 달라 뛰어오르고
오빠에겐 산책시켜 달라고 졸라 댄다

초코는 돌싱
임신한 적도 없이
새끼 때부터 집 안에만 살아서인지
공원 산책할 때 다른 개를 만나면
꼬리 치며 쫓아가 짖어 대고
사람을 보고도 짖는다
자기 뒤에 주인이 있다는 믿음 하나로
상대가 크든 작든 가리지 않고
겁도 없이 당당하게 맞선다

내 등 뒤에는 누가 있나
천지를 지으신 하나님
어려움과 두려움이 몰려올 때
믿음 없이 살아오지 않았는가

철없는 꽃

늦가을 낙엽이 비처럼 내려앉는데
철쭉이 붉게 얼굴을 내민다
봄의 기억 속에 갇힌 채
철을 잊은 꽃이 흔들린다

바람은 차갑고, 겨울은 가까워지는데
붉은병꽃나무가 무심하게 피어
계절의 흐름을 모른 채
오래된 습관처럼 무뎌진 얼굴로 웃는다

저마다 철을 알고 지는 낙엽들 사이
계절을 모른 채 피어난 꽃들이여
그대들이 피어야 할 때는
꽃 피는 봄날 아니던가

가을에 피어난 꽃들이여
철없이 굴지 말고
제철에 피어나라

노량, 그 죽음의 바다

1. 패전

고요한 바다가 잠이 들 무렵
칠천량으로 밀려들어 오는 조선 수군
원치 않았던 출전에 병사들은 지치고
노곤함에 노를 팽개쳤다
모두 잠든 시간 칠천량을 에워싼 왜선들의 화공

임진왜란 발발 이후 단 한 번의 패전도 없었던
조선 수군이 무너졌다
거북선과 판옥선이 불타고
칠천량 앞바다에 군사들 비명과 함께 수장되어 갔다

이순신 장군이 있었더라면
모두 절규하며 산속으로 흩어져 갔다
이순신 장군이 있었더라면…
슬픔의 전쟁
패전의 아픔

2. 복수의 칼날

명량 해전 이후 왜적들은 서해로 못 가고
왜성에 남아 공성전

이순신 장군은 조선 수군을 다시 세운다
한양 무뢰배들에게 당한 치욕적인 고문
기억하리라
언젠가 왜놈들을 물리치면
선조와 함께 비웃던 간신들 참수하리라
밤마다 잠결에 되뇌며 소스라치곤 했다

순천 왜성의 고니시 유키나가를 구하러 오는
500여 척의 시마즈 요시히로 왜군들

명량 해전 패배의 복수를 위해
아산에 침입해 아들 면과 식솔들을 도륙한 왜군들

그냥 돌려보내지 않으리
관음포 앞바다가 왜군들의 무덤이 되리

3. 노량 마지막 전투

1598년 12월 16일
한겨울 밤안개를 뚫고 전진하는
시마즈 요시히로의 함선을
노량에서 맞이하여
명량에서의 고통을 다시 안겨 주리라
명나라 진린과 함께한 전장에 깊은 침묵이 흐르고
드디어 마주한 칠천량 조선 수군의 원수
되갚아 주리라
한 척도 다시 돌아가지 못하게 하리라

새벽이 올 때까지
날아가는 천자총통의 포탄들과 불화살 신기전들
관음포에 갇힌 왜선들을 향한 처절한 전투

생과 사의 갈림길에서 냉정하게 한겨울의 바다는
왜군들을 수장시켰다

저 간악한 왜놈들
다시는 조선을 침공하지 못하게 하리라
내가 떠나도 노량의 바다는 흐를 것이지만
칠천량 조선 수군의 한을
오늘 관음포 앞바다에서 왜놈들의 죽음으로
풀어 주리라

전쟁의 막바지
허공을 가르는 총탄 한 알
좌측 옆구리를 뚫고 지나가는 저격수의 총탄에
큰 별이 졌다
그가 울리던 북소리만 남았다
자욱한 포연 속에 스러져 간 장군의 원한이 있었다

조선을 위해

조선 수군을 위해
조선의 백성들을 위해 싸웠던
성웅 이순신
그날 노량의 바다는
슬픔의 바다였다
고통의 바다였다
죽음의 바다였다
먼 훗날 후손들에게는
은혜의 바다였다

다산 초당을 오르며

언제던가
남도의 끝 강진 땅에 유배되어 한양을 떠나오던 때가
까마득히 먼 세월 유배의 땅 백련사에는
오늘도 동백은 피었다가 지고
내 마음도 붉게 물들었구나

이 산속에서 지저귀는 동박새야
너도 임이 그리워 산속을 헤매며 울고 있는 것이냐
이 산길을 따라가면 나올 나의 작은 집
그곳엔 혜장이 보내 준 고소한 죽녹차가 있을 테고
내 사랑하는 제자들의 글 읽는 소리
산속에 울려 퍼져 아름다운 화음이 될 터이니
내가 써 내려가는 목민심서에
조선의 관리들 모두
나라의 안위를 걱정하여 청렴해지기를 바랄 뿐이다

저 아래 강진만에 비추는 햇살도 지고
한순간 월악산 넘어 보름달이 차오르리라

나는 너무 그리움이 많아 보름달을 보지 못하리
안타깝게도 그리운 이들 달 속의 그림자 되어
나를 내려다보기에
나는 여전히 고개 숙이고
솔뿌리에 발이 차일까 걷고 있다네

지나온 십 년의 세월처럼 또다시
유배의 날들은 이어지겠지만
남도의 끝 강진 땅
다산 초당에서 나는 죽로차 우리며 살아 보려네
그리운 이들 다시 만날 때까지

새의 눈물을 보았다

40년도 지나간 세월
공주 중학동에서 하숙하던
고등학교 시절
여섯 명의 남학생 식사를 준비했던 할머니
일찍이 과부가 되어
아들 하나에 딸 둘을 키우며 하숙으로 먹고살았다
했다

그녀의 고향은 서산 양대리
6·25 전쟁 때 어릴 적 뒷산에 숨어
바닷가에서 양민을 학살하던 인민군을 훔쳐보았다
고 한다
팔이 뒤로 묶인 채 총알을 맞고 쓰러지면
인민군 앞잡이들 죽창으로 육신을 찔러 댔다는
그 광경을 숨죽이고 지켜보던
새들의 눈물이 있었다고 한다

그 양민들 속에 대전에서 피난해 왔던 외삼촌

경찰의 신분을 숨기고 지내다
북한군 후퇴 하루 전 고발당해
끌려와 학살당했다는 사연
주인 없는 공동묘지에서는 지금도
파도 소리와 함께 울어 대는 갈대의 사연이 있다 한다
전쟁으로 경찰들에게 요주의 인물로 처형당하고
인민군 후퇴로 지주 군인 경찰 공무원 가족 학살당
하고
수복 후 또 부역자들 잡아들여 총살했다는
우리 민족의 슬픈 역사

서산 양대리 바닷가 수풀에 숨어 바라보던 소녀가
공주 중학동 하숙집에서 할머니 되어 들려주었던
양민 학살 이야기
그곳엔 경찰이었던 외삼촌
트럭에서 탈출하다 잡혀 뭉개진 허벅지
핏물 흐르는 꿈이 생각나는
새의 눈물을 보았다

3부
계엄령과 민주주의

내시경

크린뷰 올산으로
깨끗하게 비워진 위와 내장
건강 검진 센터 침대에 누워
목에 마취 약을 삼키고
혈관에 주사를 맞는다

간호사의 한마디
약을 주입한다는 말에
지워진 기억들
그 시간 속 나의 모습은 없어졌다

목으로 들어간 기계는 위장을 훑었을 테고
내장을 휘젓고 다니던 기계는
대장의 용종을 거침없이 떼어 냈을 것이다

아픈 속을 어루만지며 돌아오는 길
길가에 홀로 솟아나 흔들리는 코스모스가
잘 참았다며 웃는다

기다린다는 것

누군가를 기다린다는 것은
가슴 뛰는 일이다
가장 보고 싶은 사람
만나고 싶은 사람
얼굴만 보아도 미소 짓게 하는 사람
그런 사람을 기다린다는 것은
행복한 고통이다

좋은 소식을 기다린다는 것은
가슴 벅찬 일이다
승진 소식
당선 소식
합격 소식
당첨 소식
그런 좋은 소식을 기다린다는 것은
가슴 뿌듯한 희망이다

청풍 호수에서

나 호숫가에 앉아
잔잔한 물결의 흐름을 바라보노라니
세월이 어느덧 꿈같이 흘러갔구나

수풀 속의 산새들 지저귀며
사랑을 속삭이는데
흘러간 시절의 그 사람은
보이지 않아 가슴 저려 오누나

이 아름다운 신록의 계절에
피었던 꽃들은 지고
뿌리는 부지런히 수액을 빨아올리며
잎들은 광합성을 통해
성장하고 열매를 맺나니

삶이여, 아름다워라

반성

고교 동창 모임 날
참치 집에서 어울려 참치를 먹으며
호쾌하게 시간을 보내다
늦은 시간 전철을 타고
돌아오던 길

깜빡 잠이 들었나 보다

신도림역에서 전철 빈자리에 앉았던 기억뿐
어느새 눈을 뜨니 오산역
아차, 내릴 역을 지나쳤구나

다시 돌아가야 하는 길
막막히 서 있는 나

어두운 밤 개인택시에 몸을 싣고서야
겨우 집으로 돌아왔다
깜빡 잠이 들어 내릴 역을 놓쳤던 나

내 인생에도 그런 삶은 없었는지
가만히 반성해 본다

접시꽃과 수국꽃

태양이 뜨겁게 쏟아지는 여름날
수줍은 듯 잎새에 숨어 피어나는
진분홍 접시꽃
그 고운 자태 숨기려 해도
붉어진 볼처럼
향기로운 아름다움이 가득하여라

무성한 잎을 헤치고 고개를 내민
연보랏빛, 분홍빛 수국꽃
한여름 뜨거운 햇살 아래서도
시원한 물감 풀어낸 듯 활짝 피어나
세상의 근심 잊게 하는 너의 미소
보는 이의 마음에 위로를 가득 채운다

배롱나무꽃

밝고 빨갛게 초롱거리며 피는 꽃
떠나간 임이 그리워
백 일이 넘도록 피고 있구나
어느 집 담장가 홀로 피어
지나는 나그네에게 소식을 묻느냐

내 임은 아직도 나를 기억하고 있을까
다 하지 못한 그 시절의 말들은
어느새 세월만이 흘러서
향기 없는 꽃만 피우는구나

가슴에 켜켜이 쌓인 아픔들은
세월 속에 묻어 버리고
오늘도 그리운 마음만
바람에 안부 전해 보는
배롱나무꽃

모과 이야기

나는 모과랍니다
울퉁불퉁 멋대로 생긴
나무 사과
화사하게 피어난 봄꽃들처럼
아무런 관심을 받지 못하고
화단이나 뒤뜰에 피었다가
잎 사이에 숨어 자라났지요

어느 가을 찬 바람이 불어오고
하나둘씩 잎들이 떨어지면
드러나는 존재감
한여름 태풍과 무더위도 이겨 내며 커져 갔고
벌레와 벌들의 공격도 버티면서
당당하게 가지에 매달려 있지요

이제 누군가의 손에 담겨
한적한 사무실이나 차 안에서 모과 향을 풍기거나
모과차가 되어 입맛을 당길 겁니다

그대 지금 향기 없다고
포기하지 마세요
어려움을 이기고 참아 내면 언젠가 모과처럼
진한 향기 풍기는 귀한 존재가 될 겁니다
힘을 내 보세요

칠갑산의 밤

깊은 밤 칠갑산 자락에 비가 내리고
샬레호텔 창밖으로 빗방울 흐르는 소리
차이콥스키 선율 은은한 울림 속에
그대 모습이 잔잔히 떠오르네

젖은 나무들 사이로 바람이 스치고
내 마음도 빗물 따라 흐르는 듯
그대와 함께했던 그리운 순간들
이 빗속에 녹아들어 사라져 가네

차가운 밤공기 속에 묻어나는
따스했던 그대의 숨결, 그리움의 열기
차이콥스키의 첼로 선율 마음을 감싸고
그대 없는 이 밤은 더욱 길어지네

비와 함께 흘러가는 이 밤의 고요
기억 속에 스며든 그대의 미소
멀리서 들려오는 음악은 위로처럼
이 밤, 다시 한번 그대를 불러 보네

은행나무 길을 걸으며

젊은 날 우리 둘은 은행나무 아래를 거닐었지
황금빛 부채처럼 가을에 물든 잎들 사이로
우리의 웃음소리 바람에 섞이며
젊은 날의 약속이 가득했네
잎사귀 너머로

길 위에는 빛나는 황금물결
발걸음마다 천천히 떨어지던 은행잎
비밀처럼 살며시 속삭였던
그 짧은 계절 속 우리의 사랑을 기억해

이제는 혼자 걸으며
은빛 머리 휘날리지만
그때처럼 황금빛 은행잎들이 여기저기 흩어져 있네
노란 은행잎 떨어질 때마다
그리운 네 이름이 들려오고
그때 느꼈던 그 설렘이 다시 느껴지네

아, 청춘의 가을이 얼마나 빨리 흘러갔는지

은행잎처럼 빛나던 순간은
결코 오래 머물지 않았네
그러나 은행나무 아래 추억 가득한 이곳에선
내 인생의 가을 속에서도
그리운 그 시절의 너를 만나네

늦가을의 끝

서늘한 바람이 부는 길목에
낙엽들은 서로를 부둥켜안는다
짧았던 가을빛의 축제가 저물고
떠나는 이들을 배웅하듯 흔들린다

잿빛 하늘 아래 허전한 들판
단풍잎도 이제 희미해진 채
낭 위에 쌓여 고요히 짐들며
가을의 숨결은 사라져 간다

한때는 황홀했던 붉은 숲들
그 속삭임도 이제는 기억으로 남을 뿐
낙엽의 마지막 속삭임은
겨울을 향한 망설임과 체념이 된다

그러나 이 쓸쓸함 속에도
새봄의 씨앗은 이미 잠들었다
가을의 끝, 겨울의 문턱에서
모든 것은 다시 창조의 치음 올 기다린다

강진만 생태 공원 갈대숲

갈대숲 흔들리는 바람 따라
늦가을의 속삭임이 들리네
산 너머 구름 아래 고요한 물길,
청둥오리의 날갯짓이 하루를 채운다

하늘빛 닮은 큰고니의 자리는
아직 빈 채로 기다림을 남기고,
멀리 보이는 하얀 조각상이
그리움의 형태를 새긴다

황금빛 나무길 따라 걸음을 옮기면
발끝엔 자연의 잔잔한 노래가 흐르고,
갈대숲은 마지막 잎새를 흔들며
계절의 끝자락을 부드럽게 맞이한다

강진만의 물빛 속에 비친 산 그림자
늦가을의 고요함은 마음에 스며들고,
겨울을 기다리는 이 순간마저도
삶의 한 풍경으로 자리 잡는다

한산도를 바라보며

1592년 8월 14일 한산도로 몰려온
와키자카의 일본 수군 74척이
조선 함대 55척을 노려보고 있었다

이미 육지는 임진왜란으로 쑥대밭이 되고
선조는 한양을 버리고 북으로 도피 중
명나라까지 침공하려면 수군의 보급은 필수이기에
남해안 조선 수군을 격파해야 하는 현실

전라 좌수사 장군 이순신은
이미 적의 침략을 간파하고
통영 앞바다에서 왜군을 유인할 계책을 세워
수없는 가상훈련을 마쳤다

드디어 유인선이 와키자카의 왜선들을
한산도 앞바다로 끌어오자
조선 수군의 판옥선의 학익진에 59척이 대파당하고
패잔병들은 무인도로 도피한다

승리에 만족하지 않고 이튿날
안골포 해전까지 왜선을 격파하다
왼쪽 어깨에 조총을 맞은 이순신

먼 훗날 한산도 앞바다를 건너는
시인의 눈에 비치는
에메랄드빛 바다
조선을 지키겠다는 장군의
비장한 한산섬 시조는 폐부를 찌른다
장군과 병졸들 군민들이 있었기에
한산도 앞바다는 조선의 영토였다

우리는 필사즉생의 심정으로 나선
임진년의 외침을 똑똑히 기억해야 한다
누구도 해내지 못했던 승리를
이순신이기에 가능했던
장엄함을 한산섬에서 본다

존재의 이유

면도를 하다가 발견한 눈썹
왜 그 자리에 있는 걸까
땀이나 빗물이 흘러내리지 않게
눈을 보호하려는 거다
속눈썹도 마찬가지
눈알을 보호하려는 거다
코 하나에 콧구멍이 두 개인 것도
폐가 두 개라서 그렇다
나이가 들면서 사랑니도 빠지고 심지어
어금니까지 상해 빠지는 것도 순리이다
그럴 때 임플란트를 해서
노년의 삶을 살아간다
면도를 하면서 얼굴을 본다
하루라도 면도를 안 하면 얼마나 늙어 보일까
흰머리도 염색해서 늙음을 숨겨
나를 위장한다
남녀가 있는 것도
부족함을 서로 채워 주고

후손을 잇게 하려는 것
모든 것에는 존재의 이유가 있는 법
조물주가 아니었다면
이런 오밀조밀한 세상이 있기나 했을까
식물이나 동물이나 인간이나
다 특성대로 살아가고 있으니

모자란다고 아쉬워하지 말고 살 일이다

AI 시인

어느새 서기 2023년이 도래하여
지구의 인간들에게 AI라는 비인간 물건이 찾아왔다

인터넷에 저장되어 있는 수많은 정보
386 컴퓨터부터 쌓아 온 지식의 총량
드디어 정보의 바다에서 마음껏 자료들을 건져 올
린다

권태주 시인의 시가
나태주 시인의 시로 변색되어도
인간 독자들은 눈치채지 못한다
들꽃이 풀꽃이 되고
가상의 들판에 꽃 무더기가 가득하다

여기저기 나타나는 AI 시인들
당당하게 시인의 명함을 건넨다
이제부터 정답은 없다
AI가 창조의 능력까지 발휘하는 세상

하찮은 인간의 창작력
세상은 가상의 세계에 빠져 버렸다

개여울에서 김소월 시인이 울고 있고
밤하늘 별을 헤는 윤동주 시인의 뒷모습이 슬프다

.

첫눈

밤새 차가운 바람이 스며들더니
새벽녘, 첫눈이 조용히 내렸다

하늘은 차가운 공기를 품어
떨어지는 하얀 나비들을 반기고,
대지는 포근히 흰 눈을 받아들였다

이제 겨울이다
첫눈이 내리자
가을의 그림자는 저 멀리 계절 속으로 사라졌다

도로 위의 자동차들은
조심스레 느린 발을 내딛지만
아이들에게 첫눈은
기다리던 반가운 손님이다

계엄령과 민주주의

12월 3일 한밤의 어둠 속 번지는 불온한 외침
계엄이란 칼날, 총칼을 세우는 소리
두려움의 그림자 깃드는 땅에도
자유는 꺼지지 않는 등불

억압의 철창이 닫히려 할 때
땅과 하늘 울리는 민심의 함성
역사의 강물은 거슬러 흐르지 않고,
진실의 불꽃은 바람에도 꺼지지 않았다

자유 민주 깃발 아래 모인 사람들
연대와 용기의 손을 맞잡으며
거짓의 거대 탑을 무너뜨리고
진실의 땅에 승리의 새벽을 맞이하였다

우리의 역사가 가르쳐 준 진리
폭력은 사라지고 정의가 남는다
자유를 지키려는 국민의 열망은
그 어떤 계엄의 총칼도 꺾을 수 없으리

박경리 기념관에서

통영 한산도 앞 바다가 보이는 언덕
솔방울 떨어지는 산자락에
산새들과 함께 있는
박경리 소설가
고향 통영을 떠나
소설을 쓰며 문학의 위상을 높여
김약국의 딸들과 토지
불멸의 작품이 되었네
따뜻한 양지 녘에 앉아
또 다른 소설을 구상하고 계시는지
통영 쪽빛 바다 빛나고 있네

쇠소깍 사랑

바다 물결 노을 속에 잠기고,
쇠소깍 바위 아래 눈물 같은 파도 소리
그곳에 새겨 놓은 두 연인의 약속
달빛 아래 서로를 바라보던 밤
그대 손을 잡고 걸었던 그 길,
바람은 그날의 속삭임을 기억해

반짝이는 별빛 아래 영원을 약속하던 밤
흐르는 물처럼 끝없이 이어지던 사랑의 마음
시간은 흐르고 바람이 차가워져도
파도는 여전히 그대 이름을 부르네
쇠소깍 바위에 남겨진 흔적들
우리 사랑은 그곳에 살아 숨 쉬네

오늘도 저 바다에 귀 기울이면
그대의 목소리처럼 들려오는 파도 이야기
서귀포의 밤, 별빛 아래서
우리의 사랑은 끝없이 이어지네

해마 이야기

해마는 물속에서 삶을 이어 가지
우아하게 헤엄치고 삶을 즐긴다네
때가 되면 어미는 수컷의 알 주머니에 알을 낳고
수컷은 뱃속에서 3개월 동안 새끼를 키운다네

마침내 수축 활동을 통해 물속 세상으로 나오는
해마 새끼 30마리
그들 앞에는 생존이라는 운명이 기다린다네
하지만 당당히 험한 물속 세상 이겨 낼 거라네
어미 아비처럼 큰 성체가 될 때까지

열대야의 달빛, 기파랑*을 부르다

열대야로 뒤척이는 여름밤
숨 막히는 더위 속에
밤하늘 떠 있는 둥근 달

신라 시대 서라벌 밤하늘 위에도
이와 같은 달이 있었겠지
기파랑을 칭송하며
찬란히 빛을 뿌렸을 그 달

뜻을 지키며 떠난 이를 위해
찬기파랑가는 불렸고
달빛은 슬픈 노래를 따라
사랑과 충절을 감쌌을 것이다

지금은 동탄의 아파트 숲 위에도
말없이 다시 떠올라
더위에 지친 사람들 마음을
다독이고 있다

* 신라 시대 향가에 나오는 화랑.

4부
지구라는 별에서의 삶 행복했어라

바닷가 사람들

　바닷가에 새벽이 오면 백사장에 먹이 찾아 날아드는 갈매기들 허기진 마음에 끼룩대며 조개껍질이나 죽은 생선을 찾는다. 방포 해수욕장 언덕의 갈매기 집에는 1980년대부터 장사해 온 노부부 여름이면 피서 온 관광객들에게 회나 매운탕을 팔며 평생을 보냈기에 올여름은 또 어떻게 보내야 하나. 이 폭염과 폭우에 사람들이 해수욕장에 올까. 멀리 할미 할아비 바위 바라보며 소원을 빌어 본다. 아침부터 추적추적 비가 내려 비릿한 갯내음 바닷가를 채워 가는데 방포항 어부들 그물을 손보며 출항 준비에 바쁘다. 바다와 밀려오는 파도를 보며 살아온 인생 자식들은 바다가 싫다고 객지로 모두 떠나 버려 노인들만 바닷가 마을에 어슬렁거리는 한낮 밀려왔던 파도는 자갈을 쓸어 내며 세월을 깎고 있다.

지나간 날들과 앞으로의 날들을 위하여
—아내의 정년 퇴임을 축하하며

우리의 빛나던 청춘 시절 대학에서 만나
빈 노트에 미래를 그려 가기 시작했지요
공주와 대전을 오가며 학업에 정진하던 그대
어느 가을 대학 축제 때 계룡산 등반 대회 짝꿍으로
쌀개 능선을 오르며 꼭 잡았던 손

충청도 어은리 바닷가 초임 교사로
합창과 무용을 지도하며 아이들의 고운 꿈 키워 주
던 그대
경기도 소래산 아래 신혼의 보금자리는 고달팠지만
우리 부부에겐 미래가 있기에
아이들을 가르치며 세 아이를 키웠지요

어느덧 40년의 세월이 흘러 뒤돌아보니
가슴 먹먹해지는 기억들뿐이구려
오로지 믿음 하나로 살아온 그대
당신을 바라보면 미안하고 고맙고 눈물 나는
부족한 남편이고 아버지라오

지나간 날들은 추억 속으로 던져두고
앞으로의 날들을 생각하며 달려가세요
사랑하는 나의 아내여 아이들의 선생님이여
그대는 이 땅의 진정한 교육자였고 참 스승이었다오
정년을 축하하고 존경하오
사랑합니다

정수원*에서

빈손으로 왔다가 빈손으로 가는 인생
이제 눈을 감고 심장이 멈추어
호흡도 느끼지를 못하는구나

오는 순서는 정해져 있지만
가는 순서는 따로 없기에
화장장 1,300도의 불꽃 속에서 차례대로 육탈된다

인생을 어찌 살았든 공평하게 같은 온도로 태워져
하얀 뼈로 남아 잿가루가 된다
누구든 삶을 지속하고 싶지 않았으랴
노환으로 질병으로 사고로 생을 마감한
인생들의 마지막 작별

정수원 산자락 까마귀 울어 대고
유월의 밤꽃 향기는 더욱 진하게 내려온다
각자의 유골함을 안고 떠나는 유족들
어느 공원묘지나 봉안당 수목 밑에

떠나간 이의 흔적을 기릴 것이다
아니면 하얀 가루 강물에 흘러가거나
바다 언저리 철썩이는 파도에 섞여
영겁의 세월 속으로 묻혀 버리리

안녕, 인생아
지구라는 별에서의 삶 행복했어라

* 대전시 유성구 계백로에 있는 화장장.

별이 된 줄리엣
—올리비아 핫세를 추모하며

푸른 달빛 아래
사랑은 그녀의 눈동자에 깃들고
순수한 영혼은 시대를 넘어
영원히 빛나리라 약속했지

올리비아, 당신은 줄리엣이었고
순간의 아픔도 영원의 아름다움으로 바꿨네
눈물과 설렘으로 짜인 사랑의 비극은
당신의 미소 속에 희망이 되었지

이제 무대의 막이 내리고
별들 속에서 춤추는 당신의 모습이
우리 마음속에 남아 있어
그리움의 한 조각 추억의 한 페이지로

올리비아, 당신의 빛나는 여정은 끝나지 않았어요
별이 된 줄리엣, 영원한 사랑의 아이콘으로
우리 가슴속에 영원히 살아 있기를

대부도

자연의 숨결을 담은 섬
대부도 갯벌 위에 펼쳐진 칠면초, 나문재, 퉁퉁마디
바닷바람 실어 온 소금기 품은 땅
고즈넉한 섬마을, 정겹게 맞이하고
갈매기 울음소리 정적을 깨우네

해넘이 물든 낙조, 황홀한 풍경에
서물어 가는 하루에 아쉬움 가득
싱싱한 해산물 향기 가득한 식탁
따스한 인심은 마음마저 풍요롭네

갯벌 체험하면 즐거움이 더하고
싱그러운 자연 속에서 피로를 풀어
소중한 추억 만들어 가는 곳
대부도, 영원히 기억될 섬

푸른 바다와 맞닿은 기름진 갯벌
다양한 생명이 살아 숨 쉬는 곳

자연이 선물한 아름다운 풍경 속에
행복한 시간이어라

들꽃 시인의 농장 이야기

어느덧 가을이 깊어 간다
들꽃 시인의 농장엔 대추와 사과 감이 붉게 익어
가고
촉촉한 흙 내음 속에서 고구마를 캐니
길쭉한 고구마가 살포시 얼굴을 내민다

코스모스는 바람결에 흔들리고
하늘엔 기러기 떼가 줄지어 남쪽을 향해 날아간다
구름 사이사이 저무는 햇살이 부드럽게 스며들어
들녘을 금빛으로 물들인다

가을이다
슬퍼하지 마라
이별과 기다림의 계절이지만
그 속에서도 여문 열매처럼
네 마음도 더 단단해져 갈 테니

CT실에서

어디가 아픈 걸까
몸에 이상이 있는지 초음파에서 드러나는
신장 주변 덩어리
보이지 않는 증거이기에
확인이 필요한 검사

혈관을 뚫고 들어오는 주삿바늘
조영제가 혈관을 타고 흐르면
뜨거워지는 몸
검사대 위에 누우면
천장에 빛나는 우주 사진
검사 중 죽으면 저 우주 속으로 사라지라는
의미인가

둥근 통 속에서 반복되는 촬영
조영제 탓인가
몸은 조금씩 뜨거워지고
내 몸은 조각조각 사진에 담긴다

숨을 쉬었다가 내뱉기가 반복되고
어느 순간 촬영이 끝나
자유의 몸이 된다
파란 바다가 그립다

서귀포 연가

대한민국에서 가장 남쪽 멀리 태평양으로 나가는 곳
그 옛날 진시황의 불로초를 찾아온
서불과 그 일행이 정방 폭포를 떠나 서쪽으로 가서
유래되었다는 서귀포

사시사철 초록 향기 가득하고 오름마다
아름다운 풍경 가득해
곶자왈 온기 속에 생명이 살아 숨 쉬는 곳
이곳이 남쪽 나라 서귀포라네

세상살이 지친 사람들 언제든 받아 주는 곳
선한 사람들 욕심 없이 살아가는 땅
바다는 언제나 풍부한 해산물을 주고
한라산 아래 밀감은 모두의 사랑을 받으니
여기가 무릉도원 천국이라네

가을 풍경과 시인

은행잎이 황금빛으로 물들어
햇살을 품은 듯 땅을 감싸네
가을의 손안에 머문 짧은 따스함
속삭이는 비밀, 한 움큼씩 담겨 있네

은행나무 아래에서 호박빛이 감돌고
그림자는 길어져 바람은 천천히 불어오네
마지막 춤, 잎들이 내려앉아
곧 끝날 시간을 조용히 새기네

단풍나무는 불꽃처럼 붉게 타오르며
가을의 안개 속에 머물고 싶어 하네
잎사귀마다 불꽃 같은 노래
"여기 한때 있었지만, 이제는 사라져 가네."

시인은 한숨을 쉬며 조용히 바라네
눈에 보이지 않는 아름다움을
계절의 입맞춤 사랑의 흔적들
잎은 떨어져도 그 자리엔 추억만이 남아 있네

추수 감사 기도 시

풍성한 들판에 바람이 춤을 추니
알알이 익은 곡식의 노래가 들리네
하나님의 손길로 자란 열매들이여
감사의 기도로 그 은혜를 전하리라

씨 뿌릴 때부터 거두는 이 순간까지
한 걸음 한 걸음 주께서 동행하셨네
험한 길도 주의 빛으로 밝혀 주시니
삶의 순간마다 감사가 넘치네

주신 축복을 나만 품지 않게 하시고
이웃과 함께 나누며 기쁨을 더하게 하소서
작은 손길로 큰 사랑 이루시는 주여
서로를 돕는 마음을 심어 주소서

추운 계절이 다가오고 해는 짧아지나
주님의 사랑은 계절을 넘어서 있네
이 한 해의 끝에서도 감사를 전하리니
새로운 날들도 주께 맡기며 걸어가리라

안중근

일제 제국주의 치하에서
대한 독립군으로 싸우던 안중근
1905년 을사늑약도 모자라 국권 피탈을 노리던
이토 히로부미의 가슴에 총알을 박은
1909년 10월 26일 하얼빈역에 그가 있었다

그는 죽기 전에 말했다
어둠 속에 하나의 횃불을 밝히면
어둠이 물러가고
수많은 횃불이 뒤이어 켜지면
마침내 대한 독립의 날이 올 거라던
안중근 의사

지금도 이 땅에 일제의 잔재들이 남아
100년 전의 그날을 노리기에
어둠의 세력들 물리치는
국민의 함성과 횃불들이 모여
진정한 독립을 찾으려 하네

제주항공 사고를 추모하며

무안공항 활주로 끝에서
하늘로 떠난 179개의 별
한 줄기 빛처럼 떠오르던 아침
그대들의 꿈은 날개를 달고
끝없이 펼쳐진 하늘을 가로질렀습니다

그러나 찬란한 꿈의 여정은
그날, 그곳에서 멈추고 말았으니
하늘은 깊은 침묵으로 가득 찼습니다

그대들은 지금 어디에 계신가요?
구름 너머로 숨겨진 별이 되어
우리에게 속삭이고 계신가요?

남겨진 사람들은 그리움의 강을 건너며
그대들이 남긴 온기를 품고
눈물로 기억의 바다를 채웁니다

179개의 별
그 이름 하나하나가 우리 마음에 새겨져
아픔 속에서도 빛이 됩니다

떠난 자리에는 슬픔이 머물지만
그대들의 이야기는 멈추지 않아요
하늘 끝까지 이어질 추모의 마음으로
다시는 잊히지 않을 약속을 합니다

하늘 아래 우리는 기억합니다
그리고 기도합니다
평온한 안식과 영원한 빛을
그대들에게 드립니다

양수리에서

잔잔한 물결 위에
해가 떨군 금빛 그림자
황혼은 마음을 적시며
저물어 가는 꿈을 노래한다

산등성이 너머로 스며든
희미한 노을
중년의 무게를 싣고 흐르는
강물은 나의 시간을 닮았다

바람에 흔들리는 갈대처럼
흔들리는 마음도 잠시
삶의 강은 여전히 흘러
끝없는 길을 이어 간다

양수리의 고요한 품 안에서
나는 스스로를 마주한다
흐름 속의 섬
그것이 나의 황혼이다

흰 눈과 유년 이야기

눈 내린 한낮
겨울 아닌 겨울처럼
늘 쨍쨍하던 날씨가
갑자기 돌변하여 떠나 버린 내 사랑처럼
북극의 차가운 공기를 몰고 와
제트 기류를 남방으로 밀어 버렸다

새벽부터 흩뿌리던 눈발은
아침이 되자 흰나비 떼처럼 하늘을 덮어 버렸다
모든 기억을 지울 듯이 내리던 흰 눈도
한낮이 되어 멈추자
되살아나는 유년의 기억들

바다로 가신 어머니가 삶아 놓으신 고구마
뽀얀 김 호호 불어 가며 목메게 먹던
속 노랑 고구마의 맛이
오늘 다시 기억 속에 살아나
가슴을 메이게 하고 있다

삶은 살다 보면 환하게 어둠 걷힐 날 있다고
인생은 쉽게 포기하지 말라고
손짓하고 있다

눈 속의 꿈

하얀 세상이 펼쳐진 아침
섬마을 소년의 눈썰매가 얼음판 위를 스치던 그날들
첫 눈송이가 손바닥 위에 사뿐히 내려앉던 순간
나는 알았지 세상은 손에 잡히지 않는 꿈이라는걸

설날이 다가오면
장작 타는 냄새와 어머니의 따스한 손길이
마음에 고향을 지어 주곤 했지
연 날리던 바람 속엔 새해의 소망이 실려 있었고
눈 위를 걷는 소년의 발자국은
어딘가로 향하는 희망의 길이었지

이제는 시인으로 세상을 바라보며
흰 눈이 세상에 쓰는 이야기를 읽는다
스러지는 눈송이 하나하나가
얼마나 많은 꿈과 소망을 안고 있는지

어린 날의 섬 소년은 여전히 내 안에 살아 있어

눈 위에 그린 꿈의 발자국은 멈추지 않고
흩어지는 눈발 속에서도
나는 여전히 문학의 길을 찾는다

눈처럼 덧없이 녹아내릴지라도
그 순간만큼 찬란했던 내 꿈은
세상에 하얀 흔적으로 남아 있으리라

새로운 길 위에서

길었던 겨울이 지나고
새싹이 돋아나는 3월
너의 발걸음도 새롭게 움튼다

어제의 바람이 거세었어도
오늘의 햇살은 너를 따뜻하게 비추고
길가에 피어난 작은 꽃들도
너의 용기를 응원한다

낯선 길이라 망설여도 좋아
천천히 한 걸음씩 내디디면 돼
네가 가는 곳이 곧 길이 되고
네가 믿는 꿈이 현실이 될 테니까

넘어지면 다시 일어나고
흔들려도 다시 중심을 잡으며
봄날의 꽃처럼 피어나자

너는 충분히 빛날 수 있어
이제 너의 봄이 시작될 거야
용기를 내고 힘차게 걸어 봐
미래가 네 앞에 펼쳐질 거야

설날 즈음

마침내 설날이 다가왔다
설을 기다리는 나의 마음을 방패연에 담아
하늘 높이 날렸다

밤새 끼룩대던 기러기 떼도 추위도 잊은 채
먹이를 찾아 물속을 뒤지고
부엌 무쇠솥에서는 설에 먹을 조청을 만드느라
고구마가 삶아지는 것이다

한겨울의 맹추위도 설날이 지나면 사그라지려나
장에 가신 아버지 설빔 사 오실 때를 기다리며
팽팽하게 당겨진 연줄만 애꿎게 당겨 보지만
연탄불 위에 냄새나며 익어 가는 전어에
막걸리를 마시는 아버지는
돌아오실 때가 깜깜하다

이윽고 기다리던 설날
꼭두새벽부터 마당을 쓸고

정성을 들인 차례상 앞에 서면
나는 조상님께 당당한 권씨 가문의 후손이었다

설빔을 차려입고 성묘 가는 길
나는 한 마리 고라니 새끼처럼 들판을 내달렸다
저수지 건너편에 있는 조상님의 산소에 가려고
얼음판에 들어서면
쩌렁쩌렁한 얼음판 금 가는 소리에 마음 졸이며
저수지를 건넜다

구름이 흘러가듯 훌쩍 50년의 세월이 흐르고
파란 하늘 위에 흔적 없이 가 버린 세월
또다시 새해 설날을 기다려 본다

추운 겨울의 시

북풍한설 몰아치는
추운 겨울날
어린 나는 학교에서 돌아와 부엌에 솥뚜껑을 열고
어머니가 삶아 놓은 고구마를 먹었네
동치미랑 함께 먹으면 목이 멘 고구마도
술술 넘어가고
추운 겨울이 어느새 온기로 따뜻해졌지
할아버지와 아버지는 동네 초상집에 가시고
할머니는 옆집 마실
어머니는 바지락 캐러 바다에 가셨다
나 혼자 지게를 지고 산에 가네
뒷산에는 어제 내린 흰 눈이 무거워
솔가지를 우두둑 부러뜨리는 소리
비둘기 한 쌍 구구거리는 소리
산 너머에는 서해 파도 흰 포말 남기며 끝없이 밀려와
그리움을 가득 채웠네
부지런히 지게에 담는 고주배기와 등걸*들
산등성이를 헤매며 아궁이에 채울

땔감을 찾았네
멀리 산 아래 집마다 연기가 피어오르는 저녁
어린 나는 지게를 지고 산길을 내려왔네
그곳엔 사랑하는 가족들이 있기에
내일을 꿈꿀 수 있었기에

*죽은 나무 밑동이나 베어 낸 소나무 줄기.

리브가*의 길

먼지 이는 하란의 길목에서
늙은 종과 마주한 소녀
가느다란 손길로 낙타에게 물을 주며
새로운 길의 시작을 예감하네

눈길 닿은 이삭의 품속에서
한 줄기 빛이 흘러내리고
주님의 약속은 아침 안개처럼
그들의 만남 위로 피어오르네

소리 없는 발걸음으로 걷는 그 길
순수와 믿음의 옷을 두른 리브가여
너의 사랑은 별빛 속에 새겨져
영원히 하늘을 비출지니

고운 미소, 잔잔히 흘러가는 시냇물처럼
손에는 여전히 물동이를 들고
미지의 땅으로 걸어가는 너의 발걸음에

하나님의 손길이 함께하리라

* 구약성경 창세기에 나오는 이삭의 아내.

성탄절

밤사이 흰 눈이 손님처럼 찾아와
온 세상에 그림을 그려 놓았다

백설 가득한 세상에 세한도 붓끝이 떨리던 추사의
모습
그때나 지금이나 변함없이 내리는 눈이기에
가는 길 고독하지 않으리라

이천 년 전 이스라엘 땅 베들레헴 말구유에서 태어난
예수 그리스도
그의 구원 사역은 이제 시작이었다

아기 예수 오기만을 평생 기다렸던
시므온과 안나
늙은 두 노인의 눈에 비친 아기 예수는
하나님이 보내신 인류의 구원자였다

성탄절 아침

밤새 내린 흰 눈은 평화롭다
주님이 주신 평화가 있기에

해넘이 낭송시
─지는 노을은 새로운 희망이어라

저 해는 365일을 멈추지 않고
지구를 비추었습니다
동해 위를 힘차게 차고 올라
이 나라 하늘 위를 변함없이
스쳐 지나갔습니다
저 해의 발자취를 따라
우리 삶의 흔적들도 노을과 함께
지려합니다

서해의 마지막 저녁노을 속에
흘러간 세월을 돌아봅니다
기쁨의 날들은 짧았고
안타깝고 되돌리고 싶은 나날들과
절망의 늪에서 허우적거리던 세월도 많았습니다

하지만 저 하늘에 번져 가는
붉은 노을처럼
사랑과 희망이라는 기억 또한

아름다움입니다 축복입니다
새로운 희망을 잉태하기 위한
거룩한 작별입니다

섬들 사이 황금빛으로 출렁이는
바닷물과 낙조, 그리고 뱃고동 소리
지금 아름다움을 향유하는 사람들에겐
지는 노을은 새로운 희망입니다
새해를 맞이하기 위한
평화의 전주곡입니다

삶의 근원에서 도출한 깨달음의 시
—권태주의 시에 대하여

김종회(문학평론가, 전 경희대 교수)

1. 권태주의 시와 언어의 변증법

권태주 시인은 한국시인협회와 교원문학회 회원이며,
계간 문예지《우리문학》의 발행인이자 우리문학회의 회
장이다. 필자가《우리문학》의 고문을 맡고 있는 연유로,
그의 활동 범주와 품성을 익히 알고 있는 편이며 늘 그
노력과 수고에 대한 존경의 넘을 품고 있다. 그는 일찍이
1993년《충청일보》신춘문예에 시가 당선됨으로써 문인
의 길로 들어섰다. 그동안『시인과 어머니』를 비롯하여
다섯 권의 시집을 상재上梓했으며 허균문학상, 한반도문
학상, 성호문학상 대상 등의 문학상을 수상한 경력이 있
다. 그가 운영하는 문예지와 문학 모임은 소박하고 조촐
하게 출발하였으나, 사뭇 품위 있고 내연內燃하는 열정
으로 넘치고 있다. 이 복잡다단한 시대에 맑고 밝은 문
학의 샘물처럼 느껴질 때가 많다.

그는 시집의 서두「시인의 말」에서 가스통 바슐라르
의 논리를 빌려 시를 하나의 건축물로 인식하고 있으며,
이를 "위대한 작업"이리 지칭하고 있다. 당초에 글쓰기

라는 작업 자체가 언어의 건축물이라 치부해도 문제가
없을 만큼, 글쓰기와 건축은 그 재료의 구성과 궁극적
완성의 단계가 닮아 있다. 권태주가 특히 바슐라르의 논
리에 주목한 것은, 시가 곡진曲盡한 상상력의 산물이라
는 대목과 관련이 있다. 그는 이 선명한 출발점에서 "감
정의 유희遊戲가 아닌 인류 보편적이며 항구적인 정서
를 담아내는 시"를 쓰겠다고 한다. 실제로 이 시집의 1부
에서 4부까지 수록된 시들을 면밀하게 살펴보면, 이러
한 명제에 잇대어져 있는 그의 시작詩作 방향성을 어렵
지 않게 감각할 수 있다.

2. "내 인생"의 여러 계절 또는 사랑

인생의 여러 국면을 계절에 비추어 논의하기로는, 수
발秀拔한 많은 이론가의 정의와 많은 문호文豪의 작품이
있다. 계절의 변화와 굴절이 우리가 감당하는 인생사의
그것과 여러모로 닮은꼴이기 때문이다. 우리가 여기서
공들여 살펴보려는 권태주의 시 또한 그와 같다. 그는 1
부 〈내 인생에게 묻는다〉에서 인생 계절의 구체적인 형
상을 적시摘示하면서, 그 가운데 명멸하는 일상적인 삶
과 사랑의 여러 면모를 그려 낸다. 그리고 그 형상화의
모습은 진솔하고 진정성이 있다. 「판단」에서 말하는 목
적대로 살아가는 삶, 「문득」에서 보여 주는 눈부신 가

을 아침의 마음, 「서귀포 올레길을 걸으며」의 그리운 사
랑 이야기, 「가을」의 낙엽들이 전하는 슬픔과 아픔 등이
모두 그렇다.

    가을이 오기 전에
    풀잎들은 부지런히
    광합성을 하고
    속 깊은 열매를 키웁니다

    나도 그러하겠습니다
    내 인생의 가을이 오기 전에
    부지런히 살아 내며
    아름다운 삶의 열매를
    차곡차곡 가꾸어 가겠습니다
                    —「내 인생에게 묻는다」 부분

  시인이 자기 인생에게 제시하는 질문의 가장 핵심적
인 요체는 과연 무엇일까. 이 시에서 시인은 이를 식물
의 생장生長과 과실果實에 비추어 언술하고 있다. 그리
고 그 시한은 특히 "가을이 오기 전"이다. 풀잎들의 광합
성과 속 깊은 열매가 그 가을까지의 노력에 의한 것이라
여기는 까닭에서이다. 시인은 스스로도 부지런히 살아 내

며 삶의 아름다운 열매를 가꾸겠다고 다짐한다. 인간의 건실한 의지에 바탕을 둔, 기껍고 흔연한 순방향의 결의다. 이처럼 건강한 삶의 인식은 그대로 독자에게 전염되는 강점이 있다.

> 누가 사랑의 흔적들을 남겨 놓았나
> 붉디붉은 꽃잎 속에 숨겨 둔 사랑
>
> 사랑 이후 아픈 기억만 남아
> 외롭게 흔들리는 꽃
>
> 가끔 꽃가루 찾아 날아온 꿀벌
> 온몸을 적시다 가고 나면
>
> 저 혼자 그리움에 가슴 타는
> 슬픈 사랑이여
>
> —「접시꽃」전문

시인이 자신의 생애 가운데 가장 소중한 개념으로 내세운 것이 곧 "사랑"이 아닐까. 이 시집에 등장하는 사랑의 주변을 유추해 보면 그렇게 여겨지는 것이 별반 이상하지 않다. 시인은 인용된 시에서 누군가가 붉디붉은 접시꽃의 꽃잎 속에 사랑을 숨겨 두었다고 언 표름表했다. 그리고 그 사랑은 아픈 기억으로 외롭게 흔들린다고 관찰했다. 프랑스의 시인 아르튀르 랭보가 "계절이여 마을이여 상처 없는 영혼이 어디 있는가"라 고 노래했지만, 아픈 기억이 없는 꽃이나 사랑 또한 존 재하기 어렵다. 가끔 꽃가루 찾아온 꿀벌이 떠나고 나 면, 더 가슴 타는 슬픈 사랑의 꽃! 시인의 인생 계절에 하나의 예표가 되는 꽃, 접시꽃이다.

3. 들꽃의 눈에 비친 고향과 역사

윌리엄 블레이크는 「순수의 전조」에서 참으로 새겨 들을 만한 명언을 남겼다. "한 알의 모래에서 세계를 보 고 한 송이 들꽃에서 천국을 본다. 그대 손안에 무한을 쥐고 찰나의 시간 속에서 영원을 보라." 이 경구에 등장 하는, 들꽃을 바라보는 관점이 곧 시인의 관점이 아닐까. 권태주는 그의 시 곳곳에서 들꽃의 이미지를 활용한다. 그 외양으로 인하여 가장 꾸밈없는 꽃이지만, 그 의미 로 인하여 가장 화려한 꽃이 바로 들꽃이다. 항차 시인 은 풀 한 포기, 바람 한 점을 보고도 명상한다. 그것들이 모여서 삼라만상을 이루지 않는가. 2부의 시 가운데 「고 향의 봄」에서 튤립꽃의 선명한 그리움, 「찾아온 고향」에 서 고향 집 나무와 꽃의 지나간 추억 등이 그렇다. 그런

가 하면 시인은 들꽃과 같은 민초民草의 눈으로, 우리 시대와 역사를 바라보는 결기를 시전하기도 한다. 「소년이 온다」에서 5·18 광주, 「노량, 그 죽음의 바다」에서 임진란 전투를 소환하는 시가 그렇다.

> 척박한 땅이든
> 풀들 우거진 곳이든 가리지 않고
> 씨앗 떨어진 자리에서
> 계절에 따라 솟아나 꽃을 피운 것이다
>
> 외로이 홀로 핀 풀꽃이나
> 무더기로 꽃을 피운 들꽃들 모두
> 존재로서 아름답다
> 아름다운 것이다
> 멀리 있는 너처럼
>
> —「들꽃 예찬」 부분

시인은 이 시의 첫머리에서 혼자 핀 풀꽃보다 여럿이 핀 꽃 무리가 더 다정하고 포근하다고 말한다. 이러한 시각은 위로부터 획일적으로 바라보지 아니하고 아래로부터 섬세하게 바라볼 때 가능하다. 시인이 포착한 들꽃은 척박한 땅이든 풀 우거진 곳이든 가리지 않고, 씨앗

떨어진 그 자리에서 계절 따라 솟아나 꽃을 피운 끈질
긴 생명력의 소산이다. 그리고 외로운 꽃이나 무리를 이
룬 꽃이나 그 존재 자체의 아름다움을 갖고 있다고 언명
言明한 후, 그것이 마치 "멀리 있는 너처럼" 그렇다고 부
언한다. 멀리 있는 너! 손 닿을 듯 가까이 있지 않고 관조
하며 바라보아야 할 거리에 있는 "너"가 오히려 존재론
적 아름다움으로 빛난다는 시적 표현이다.

> 저 아래 강진만에 비추는 햇살도 지고
> 한순간 월악산 넘어 보름달이 차오르리라
> 나는 너무 그리움이 많아 보름달을 보지 못하리
> 안타깝게도 그리운 이들 달 속의 그림자 되어
> 나를 내려다보기에
> 나는 여전히 고개 숙이고
> 솔뿌리에 발이 차일까 걷고 있다네
>
> 지나온 십 년의 세월처럼 또다시
> 유배의 날들은 이어지겠지만
> 남도의 끝 강진 땅
> 다산 초당에서 나는 죽녹차 우리며 살아 보려네
> 그리운 이들 다시 만날 때까지
> ─「다산 초당을 오르며」 부분

다산 정약용은 우리 근세사에 돌올突兀한 불세출의 실용주의 학자요 저술가다. 그 저술의 깊이와 광범위한 설득력, 그 분량과 실질적 적용성에 있어 다산을 능가할 인물을 찾기는 어려울 터이다. 그 다산이 귀양살이하던 다산 초당은 전남 강진에 있다. 이곳을 찾아간 시인의 발걸음은 역사의 현장을 찾아간 뜻깊은 것이 된다. 이 시는 다산의 관점을 빌려서 다산의 발화로 문면文面을 이어 간다. 시 속의 다산은 유배의 날을 보내는 안타까움과 다 이름 붙이지 아니한 그리움에 대해 토로한다. 그리고 이곳 초당에서 그리운 이들 다시 만날 때까지 "죽녹차 우리며" 살아 보겠다고 한다. 들꽃 같은 시인의 마음은 어느새 들꽃 같은 다산의 언사에 근접해 있다.

4. 반성과 성찰의 시적 표현 방식

시인이 쓰는 시는 근본적으로 자신의 인생관 그리고 세계관과 그에 준하여 살아온 생애의 여러 곡절에 대한 반성이요 성찰이다. 이 원론적 기능이 살아 있지 않고서 그가 좋은 시인이 될 가능성은 거의 없다고 해도 무방할 것이다. 그런 점에서 권태주는 좋은 시인이요 미더움을 더하게 하는 시인이다. 동양 문화권에서 이 논리의 원조는 증자曾子의 '일일삼성一日三省'이다. 증자는 남을 돕는 데, 친구와 교제하는 데, 스승에게 배운 것을 익히는 데 최선을 다했는가를 반성하는 자기 성찰의 태도를 피력했다. 우리의 시인 권태주 또한 매우 다층적인 방식으로 이 명제에 다가선다. 3부의 시 가운데 「반성」에서 내릴 역을 놓친 일, 「모과 이야기」에서 인내의 다짐, 「존재의 이유」에서 모자람을 아쉬워하지 않기, 「계엄령과 민주주의」에서 시대사의 격변에 대한 반응 등이 모두 그와 관련되어 있다.

> 이제는 혼자 걸으며
> 은빛 머리 휘날리지만
> 그때처럼 황금빛 은행잎들이 여기저기 흩어져 있네
> 노란 은행잎 떨어질 때마다
> 그리운 네 이름이 들려오고
> 그때 느꼈던 그 설렘이 다시 느껴지네
>
> 아, 청춘의 가을이 얼마나 빨리 흘러갔는지
> 은행잎처럼 빛나던 순간은
> 결코 오래 머물지 않았네
> 그러나 은행나무 아래 추억 가득한 이곳에선
> 내 인생의 가을 속에서도
> 그리운 그 시절의 너를 만나네

—「은행나무 길을 걸으며」부분

    우리는 대부분 은행나무 아래에서의 추억이 있다. 그 추억은 대개 청청한 젊은 날의 것이기 쉽다. 권태주 또한 그와 같다. 인용된 시의 시적 화자는 그 짧은 계절 속의 사랑을 환기한다. 그런데 이제는 그때와 같지 않다. 혼자다. "은빛 머리" 휘날리는 형국이면, 많은 세월을 지나온 다음이다. 문제는 노란 은행잎 떨어질 때마다 "네 이름"이 들려오고 그때의 "그 설렘"이 다시 느껴진다는 데 있다. 사정이 이러하고 보면, 이 시는 그 시절의 아름다운 추억을 불러오는 연가戀歌다. 추억은 멀리 흘러갔지만, 이 사랑 노래는 지금 눈앞에 있다. 시인은 "내 인생의 가을"에 이르러 "그리운 그 시절의 너"를 만난다. 가장 모양 있고 아름다운 현재적 자기 성찰의 사례다.

      여기저기 나타나는 AI 시인들
      당당하게 시인의 명함을 건넨다
      이제부터 정답은 없다
      AI가 창조의 능력까지 발휘하는 세상
      하찮은 인간의 창작력
      세상은 가상의 세계에 빠져 버렸다

개여울에서 김소월 시인이 울고 있고
밤하늘 별을 헤는 윤동주 시인의 뒷모습이 슬프다
—「AI 시인」 부분

세상 모든 사람이 지금을 일러 AI 시대, 곧 인공 지능의 시대라고 한다. 2022년에 출현한 챗봇Chatbot 서비스 '챗 GPT'가 온 세계에 선풍을 촉발하던 사건도 이제는 일상화되어 그다지 놀라운 일이 아니게 되었다. 이 판국에서 문학인은, 특히 시인은 이 AI 시대에 끝까지 살아남을 정신적 유산으로서 문학의 역할과 방향성에 대해 고민하지 않을 수 없다. 인용된 시 「AI 시인」은 바로 그와 같은 당면 문제에 대한 시인의 감상을 대변한다. AI 시인들이 당당하게 시인의 명함을 건네는 시대, 세상이 "가상의 세계"에 빠져 버린 시대에 김소월이나 윤동주의 시적 진실이 어디에 있는가를 묻는 시다. 극대화된 문명의 향방과 문학의 운명에 대한 반성적 성찰을 시로 표현한 작품이다.

5. 삶의 종착역에 대한 시적 관찰

우리는 누구나 지구별에 살고 있는 우주 여행자다. 시인이 4부의 제목으로 설정한 〈지구라는 별에서의 삶 행복했어라〉처럼, 각자 개인이 포괄하는 행복과 불행의 모든 현실적 조건을 동반한 채 순간과 영겁의 시간을 동시에 영유領有하고 있다. 문학 작품이 이 테제These에 접근하게 되면, 그에 대한 결어結語가 운명론적 채색을 띨 수밖에 없다. 삶의 끝과 죽음의 시작, 그 종막과 서막에 대한 서술이 될 터이기에 그렇다. 권태주는 이 엄정한 순간에 대한 시적 인식이 예리하고 민감하다. 「별이 된 줄리엣」에서 올리비아 핫세의 죽음, 「들꽃 시인의 농장 이야기」에서 이별과 기다림의 계절 가을, 「양수리에서」에서 시적 화자의 황혼, 「해넘이 낭송시」에서 붉은 노을과 같은 거룩한 작별이 이 운명의 인식에 대한 범례들이다.

> 정수원 산자락 까마귀 울어 대고
> 유월의 밤꽃 향기는 더욱 진하게 내려온다
> 각자의 유골함을 안고 떠나는 유족들
> 어느 공원묘지나 봉안당 수목 밑에
> 떠나간 이의 흔적을 기릴 것이다
> 아니면 하얀 가루 강물에 흘러가거나
> 바다 언저리 철썩이는 파도에 섞여
> 영겁의 세월 속으로 묻혀 버리리
>
> 안녕, 인생아

지구라는 별에서의 삶 행복했어라

　　　　　　　　　　　　　—「정수원에서」 부분

　정수원은 대전 유성구에 있는 화장장의 이름이다.
이 세상에 살면서 온갖 희비애락을 다 겪고 고매한 정신
적 차원을 자랑하던 이들이 한결같이 한 줌 흙으로 돌
아가는 경유지다. 20세기 한 시대를 풍미한 작가 이병주
는, 그의 소설 여러 곳에서 '한 줌 흙이 뿌려진다. 그리고
영원히 지나간다.'는 레토릭을 사용했다. 시인은 여기서
"빈손으로 가는 인생"의 마지막 작별을 응시한다. 그 길
은 결국 "영겁의 세월 속으로" 묻히는 불가역不可逆의 행
로다. 이 장중한 배웅의 순간에 시인이 발굴한 인사人事
가 "지구라는 별에서의 삶 행복했어라"였다. 어쩌면 이
인사말은, 지금 새로운 차원으로 진입하는 영혼에게 건
네는 것인 동시에 언젠가 동일하게 그 길을 가게 될 우
리 자신에게 미리 약정해 두는 것인지도 모른다.

　단풍나무는 불꽃처럼 붉게 타오르며
　가을의 안개 속에 머물고 싶어 하네
　잎사귀마다 불꽃 같은 노래
　"여기 한때 있었지만, 이제는 사라져 가네."

시인은 한숨을 쉬며 조용히 바라네
눈에 보이지 않는 아름다움을
계절의 입맞춤 사랑의 흔적들
잎은 떨어져도 그 자리엔 추억만이 남아 있네
        —「가을 풍경과 시인」 부분

 계절로 말하자면 한 사람의 생애를 결산하는 시기
가 가을이나 겨울일 수밖에 없을 터인데, 이 시인은 한
결같이 가을의 서정과 그 의미망에 방점을 둔다. 은행
잎의 황금빛이나 단풍나무의 불꽃이 이러한 시적 성
향을 반영한 결과다. 시 속의 시적 노래 한 구절 "여기
한때 있었지만, 이제는 사라져 가네"는 이를 감각적인
언어로 보여 준다. 시인의 한숨은 절망감의 표출이 아
니다. 계절의 숨은 아름다움이나 사랑의 흔적들로 인
하여, 낙엽이 진 자리에 옛 추억의 그림자가 남아 있다.
가을 풍경 한 자락에서, 시인은 삶의 여러 면모에 대한
반추와 함께 지금 선 자리와 이제부터 갈 길을 생각한
다. 이러한 입체적인 세계 인식이 가능하기에, 그의 시
는 제값을 지니게 된다.

 우리는 이제까지 모두 4부에 걸친 권태주의 시 81
편을 공들여 살펴보았다. 그의 시는 필요 이상으로 목

소리를 높이거나 그 묘사에 있어 과장된 표현을 동원하는 법이 없다. 일상적인 체험의 시이면서, 그 근원이 되는 인식의 바탕에서 웅숭깊은 깨달음의 언어를 도출하는 방식을 고수한다. 이러한 창작 패턴에 더하여, 인생의 가을 시기를 지나고 있는 자신의 생애와 그 시간의 소중함을 시의 행간行間에 잘 갈무리한다. 그러기에 그의 시는 자신의 삶 전체를 관조하는 성찰의 답안이면서, 동시대를 살아가는 사람들에게 제기하는 삶의 정체성에 대한 질의에 해당한다. 그것은 새로운 개안開眼이며 깨달음이며 공명共鳴의 노래다. 바라기로는 앞으로도 그의 시와 더불어, 우리가 지속적으로 좋은 문학 작품을 만나는 행복을 누릴 수 있었으면 한다.

새의 눈물을 보았다

2025년 11월 28일 1판 1쇄 펴냄

지은이   권태주
펴낸이   김성규
편집   조혜주 최주연 권은하 한도연
디자인   신혜연
펴낸곳   걷는사람
주소   경기도 용인시 기흥구 동백중앙로 358-6, 7층 (본사)
           서울 마포구 월드컵로16길 51 서교자이빌 304호 (지사)
전화   031 281 2602 / 02 323 2602
팩스   02 323 2603
등록   2016년 11월 18일 제25100-2016-000083호

ISBN 979-11-7501-038-3 04810
ISBN 979-11-89128-01-2 (세트)

* 이 책은 경기도, 경기문화재단 〈2025경기예술생애첫지원(문학)〉 A트랙(재단출간
  지원)으로 발간되었습니다.